passatempoemas

Carolina Zuppo Abed

p a s s a t e m p o e m a s

desafios verbo-lógico-matemáticos

apresentação

Passatempoemas: desafios verbo-lógico-matemáticos é um livro brincante. São dezesseis poemas escondidos – charadas poéticas –, esperando para serem descobertos. Cada passatempoema tem uma lógica de funcionamento diferente e precisa do leitor para a construção do seu sentido, oculto à primeira vista.

A ideia é resolver os desafios propostos não apenas como um meio para chegar à mensagem final, ou às múltiplas possibilidades de mensagem, mas para desfrutar de forma lúdica da provocação de experimentar os limites da linguagem, numa experiência poética em si.

Os poemas estão divididos em três categorias, de acordo com a dificuldade de resolução (fácil, médio e difícil), e também em um suplemento temático. Neste volume, o tema dos poemas suplementares é *matemática*.

Os passatempoemas são acompanhados de instruções para orientar o leitor sobre o que deve fazer. A forma de cada texto, incluindo o esforço necessário para solucioná-lo, faz parte dos poemas. Todas as soluções se encontram ao final do livro – mas não se apresse a olhá-las até ter tentado de tudo para compreender por conta própria.

Cada poema foi criado a partir de relações entre o assunto tratado e a forma adotada, sem perder de vista alguns elementos como a sonoridade, a visualidade e a polissemia. Na minha cabeça, há um sentido para cada um ser como é. Mas não teria graça se eu explicasse qual sentido é esse – e, na verdade, não acredito em poemas que tenham um único modo de ser interpretados.

Fique à vontade para interpretar, relacionar, refletir, divagar, inventar, propor. Porque, afinal, esse é um livro brincante, e cada leitor brinca de criar o que quiser a partir dele. Criei um e-mail para me comunicar com os leitores (passatempoemas@gmail.com), por onde você pode me mandar suas impressões, ideias, propostas e comentários.

Divirta-se!

Carol

p a s s a t e m p o e m a s

jogo dos erros

Encontre os 7 erros.

Um porquinho de carne rosada
alegremente corre
na imensa pradaria.
(Ao longe, as verduras de um pasto
do qual não ousa se aproximar
anunciam um outro mundo possível.)

Refresca-se como pode naquele barro;
na ausência de um lago, um rio, uma chuva
não encontra alívio nem na própria sombra
mas mantém em si a forte alegria
de respirar o ar que o rodeia.

À noite, deita-se na relva
de pedra, sua cama é dura e fria
mas ele, habituado, logo dorme
e sonha imaginando coisas lindas.

Um porquinho de carne rosada
alegremente come
na imensa padaria.
(Ao longe, as verduras de um prato
do qual não ousa se aproximar
anunciam um outro mundo possível.)

Refresca-se como pode naquele bairro;
na ausência de um lago, um rio, uma chuva
não encontra alívio nem na própria sombra
mas mantém em si a forte alergia
de respirar o ar que o rodeia.

À noite, deita-se na selva
de pedra, sua cama é dura e fria
mas ele, habituado, logo dorme
e sonha imaginando coisas findas.

Solução na página 26

o outro

Ligue os pontos.

Solução na página 27

fact-checking

Encontre as palavras ocultas no diagrama abaixo.
As palavras na horizontal formarão o primeiro verso
e as verticais formarão o segundo.

F	S	K	I	N	D	X	C	W	N	D	R	Y	H	O	D	R	K	S	J
G	E	A	T	Q	U	I	Ç	R	Ç	U	B	N	F	A	L	S	A	S	S
K	E	Ç	V	E	R	D	A	D	E	S	E	G	R	N	P	S	Z	C	D
U	S	Y	U	N	L	Q	N	F	L	D	W	M	O	N	M	T	B	E	I
A	C	V	K	H	W	M	J	T	L	C	X	F	U	X	S	W	A	N	S
H	O	Y	L	Q	E	K	F	P	W	G	R	I	T	A	D	A	S	G	H
K	N	A	C	A	R	A	J	S	Ç	I	M	H	R	L	H	V	V	O	F
E	D	H	E	F	S	L	U	O	A	C	Y	X	O	P	D	Q	L	D	W
J	E	G	W	I	T	P	Z	B	E	Ç	N	I	S	V	M	U	H	O	Ç
I	M	B	A	D	P	B	O	F	C	D	I	M	R	M	T	N	P	S	Q

Solução na página 28

quebra-cabaças

Encaixe as peças como quiser.

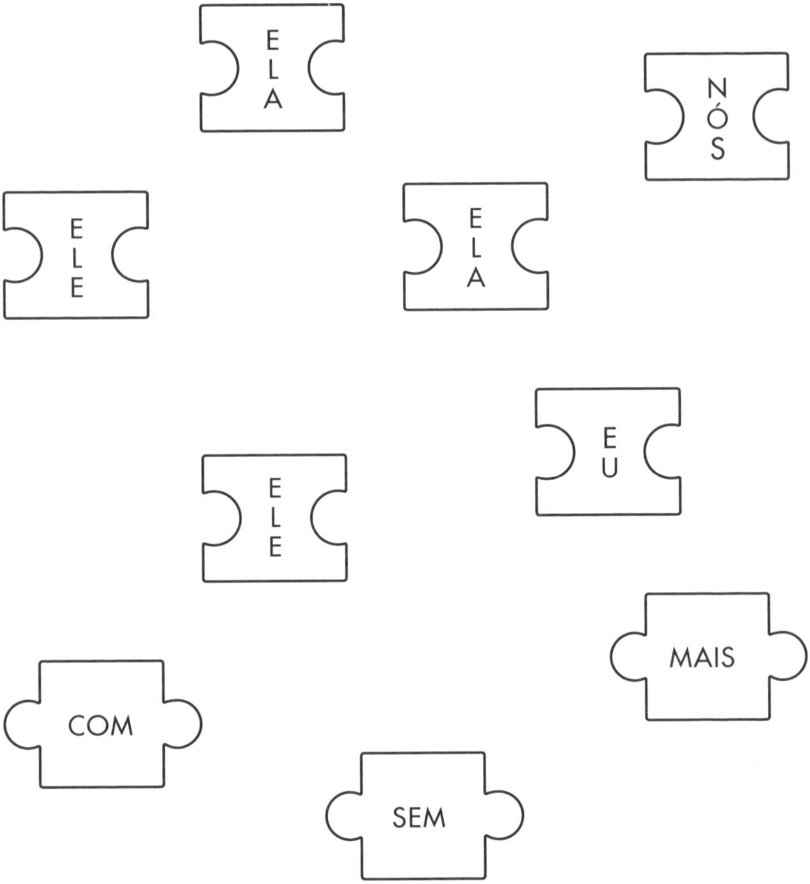

Solução na página 29

horizontes

Usando as sílabas do quadro abaixo, resolva as chaves (na vertical) conforme os números indicados.
Considere uma sílaba para cada quadrante da resposta.
Ao resolver todas as chaves, o poema será lido na horizontal.

A - A - ~~BAN~~ - ~~CA~~ - CO - DA - DA - DA - DES - DO - LA - LHA - MAR - MO -
NA - NÃO - O - O - O - PA - RA - RA - RE - SE - SO - TE - VE - VÊ - VER - VER

1	2	3	4	5	6
	BAN				
	CA				

7	8	9	10	11	12

13	14	15

1. Sigla de entidade dedicada ao apoio aos dependentes de álcool.
2. ~~Estabelecimento comercial especializado na venda de revistas e jornais.~~
3. ______ Miranda, cavaleiro brasileiro que disputou os jogos olímpicos de 1996 e 2000.
4. *Pop.*: nariz grande.
5. Interjeição que exprime surpresa.
6. "Verde", em catalão.
7. Conjunção adversativa.
8. Aparelho eletrônico que exibe programação ininterrupta.
9. O que não é maciço.
10. Tradicional ópera tibetana.
11. No universo Marvel, o sol de Krypton.
12. O contrário de subtrair.
13. Olhar novamente, com o intuito de conferir.
14. Cada um dos quatro livros sagrados que dão base ao hinduísmo.
15. Porto de Mileto onde em 494 a.C. se travou a Batalha de Lade entre Jônios e Persas.

Solução na página 30

anotações para uma sinfonia poético-sexual

Na primeira metade, cada linha do poema é uma recombinação das letras da linha anterior mais uma. Na segunda metade, cada linha é uma recombinação das letras da linha anterior menos uma.

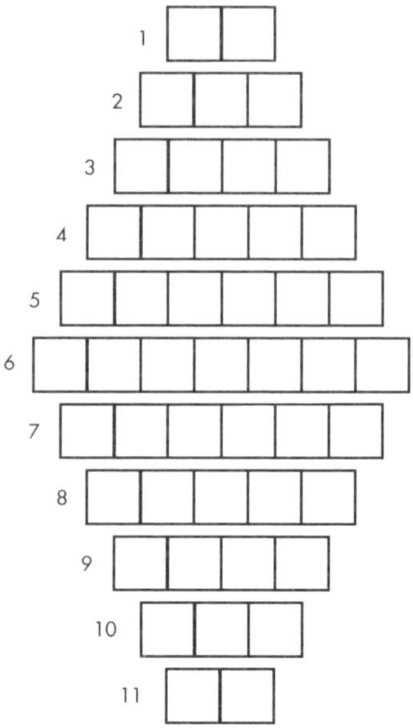

1. Pessoa que olha de volta quando miramos o espelho.
2. Aquilo que pertence a ele/ela.
3. Comando que ordena uma atitude impetuosa.
4. Ter ou apresentar certa condição física ou emocional não permanente (primeira pessoa do singular).
5. Sobrou, permaneceu; subsistiu como resto.
6. Se arrebenta, explode, rompe.
7. Todas aquelas que não são uma específica.
8. Pista, vestígio; sinal deixado ao passar por algum lugar.
9. Restituo a saúde; curo-me, cicatrizo.
10. Que não está doente.
11. Desacompanhado.

Solução na página 31

ciclos

Complete os quadrados com as respostas correspondentes a cada número.

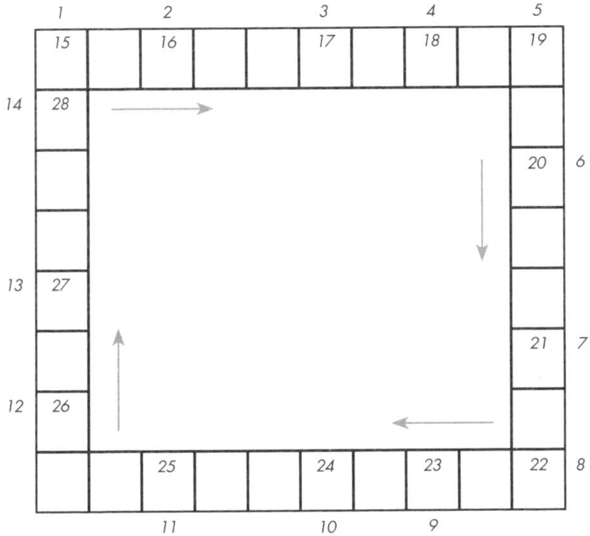

1. Pronome de 2ª pessoa.
2. Sistema operacional que antecedeu o Windows.
3. Preposição que indica localização.
4. Sigla do estado do Paraná.
5. Esporte Interativo.
6. Denominação do aeroporto da Guatemala.
7. Sexta nota musical na escala de dó.
8. Onomatopeia usada para simular o som de uma linha telefônica ocupada.
9. Abreviação usada para indicar Denominação de Origem de queijos e vinhos.
10. O oposto de COM.
11. Aquilo que vem antes, preparatório.
12. Instituto de Geociências.
13. University of the Arts London.
14. Primeira letra do alfabeto.
15. "Você", em curdo.
16. Contração da preposição "de" + artigo masculino plural.
17. Ensino Médio.
18. Praseodímio.
19. Interjeição usada para chamar a atenção de alguém.
20. Vila no distrito de Pashchimi Singhbhum, no estado indiano de Jharkhand.
21. O contrário de AQUI.
22. "Lá" em idioma croata.
23. Primeira nota musical do piano.
24. Search Engine Marketing.
25. Pró-Reitoria de Ensino.
26. Provedor de internet popular no início dos anos 2000.
27. Universidade Autónoma de Lisboa.
28. O som do grito.

Solução na página 32

roma
(no primeiro domingo antes da Páscoa)

Preencha os espaços com as letras faltantes, de modo que elas não se repitam nas mesmas linhas, colunas e quadrantes.

		A	
			R
M			
			O

Solução na página 33

sobre vazios e preenchimentos

As letras na metade superior completam os versos da metade inferior, caindo para outras células na mesma coluna, mas não necessariamente na ordem em que estão.

T	E	U	A	E	D	E	R	A	B	A	O	O	L	A	~~A~~	A	~~A~~	E
	Q	U	E	N	D	O	S	A	U	D	O		P	~~N~~	G	~~D~~	C	
	Q		S		G	U		T		N				U	R	E	R	
•							•					•						
•				•							•		•	N	A	D	A	•
		•							•			•						•

Solução na página 34

reforma agrária

Resolva as chaves à esquerda para encontrar as palavras da coluna à direita. A cada letra corresponderá um número. Transponha as letras para o diagrama final, de acordo com sua numeração.

Chave	Casas
Aquilo que está sobre nossas cabeças. Segundo a Constituição Federal, um direito de todos.	27 6 12 17
Corte de árvores visando a cuidar, adequar e não a arrancar.	2 30 19 24
Substrato necessário para a agricultura. Pode ser cercada, demarcada, apropriada, cultivada, envenenada.	7 15 25 21 4
É para todos, na visão de Harper Lee.	18 28 3
Grande porção de água salgada que separa ou une continentes (a depender do ponto de vista).	16 26 14
No xadrez, peça de menor valor, encontrada em maior quantidade e posicionada sempre na linha de frente de uma batalha.	23 13 20 1
Diz-se das coisas que não chegam a ser – e, igualmente, daquelas que estão prestes a ser.	9 10 4 31 11
Ausência absoluta, posse nenhuma.	5 22 29 8

1	●	2	3	4	5	6	7	8	●	9	10	11	●	12	13	14	15	16	17	18

															?
19	20	21	22	●	23	24	25	26	●	27	28	29	30	31	

Solução na página 35

padrão dos descobrimentos

Descubra a rota correta para chegar ao final do percurso, formando um caminho contínuo de palavras. Cada palavra da corrente tem duas sílabas, sendo que a primeira sílaba de uma é a última da palavra anterior. As duas primeiras palavras já estão dadas, como modelo: BA-TAM-BOR (batam + tambor). A trilha pode seguir na horizontal (para direita e para esquerda), vertical (para cima e para baixo) ou em qualquer diagonal. Há uma bifurcação no caminho, que tanto pode rumar para o Passado como para o Futuro. Você escolhe.

Presente | Futuro

BA	TAM	TA	GAR	SA	VEZ
JO	BOR	DA	DO	TAL	BU
PI	LA	QUI	NA	CO	FES
RO	CEM	LO	VER	MI	SER
MAS	DA	NA	PAR	VIL	CRA
VRE	LI	MOL	FE	TE	QUE

Passado

Solução na página 36

cartilha

Descubra o padrão para encontrar os elementos
que completam corretamente a sequência.

Antes brincava, criando devaneios.

Então fez gosto,
histórias:
inventou jornadas, __________ maravilhosas.

Não ouviu presença quieta rompendo sonhos.

Tentou uma vez
– xeque-mate; __________.

Zonza, xadrez vencido, última __________ se rendeu.

Quando pequena, observava nuvens
__________ liberdades.
Jovem intempestiva, habitava __________.

Fecunda, emergiu.

Decidiu crescer __________.
Aprendeu.

lendas	tormenta	grãos
mentindo	bonança	
zerado		

Solução na página 37

mensagem na garrafa

para um mundo pós-computacional

Decifre a mensagem codificada.

01100011 01100001 01100010 01100101 00100000 01100101 01101101 00100000 01110101 01101101

00001010

01101111 00100000 01111010 01100101 01110010 01101111

00001010

01100100 01100101 01110011 01110011 01100101 00100000 01100001 01101101 01101111 01110010

00001010

01100010 01101001 01101110 11100001 01110010 01101001 01101111 00111111

Solução na página 38

naturais

Resolva a equação, isolando o N.

$$\frac{\mathbb{N} + \text{se}}{\text{Res}} = \text{pire}$$

Solução na página 39

teoria dos conjuntos

Observe o diagrama.

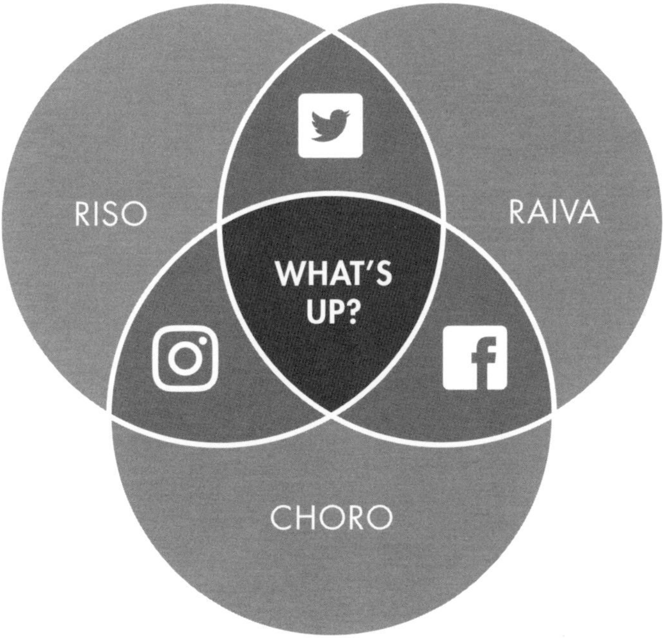

Solução na página 40

soluções possíveis

jogo dos erros

Um porquinho de carne rosada
alegremente **corre**
na imensa **pradaria**.
(Ao longe, as verduras de um **pasto**
do qual não ousa se aproximar
anunciam um outro mundo possível.)

Refresca-se como pode naquele **barro**;
na ausência de um lago, um rio, uma chuva
não encontra alívio nem na própria sombra
mas mantém em si a forte **alegria**
de respirar o ar que o rodeia.

À noite, deita-se na **relva**
de pedra, sua cama é dura e fria
mas ele, habituado, logo dorme
e sonha imaginando coisas **lindas**.

Um porquinho de carne rosada
alegremente **come**
na imensa **padaria**.
(Ao longe, as verduras de um **prato**
do qual não ousa se aproximar
anunciam um outro mundo possível.)

Refresca-se como pode naquele **bairro**;
na ausência de um lago, um rio, uma chuva
não encontra alívio nem na própria sombra
mas mantém em si a forte **alergia**
de respirar o ar que o rodeia.

À noite, deita-se na **selva**
de pedra, sua cama é dura e fria
mas ele, habituado, logo dorme
e sonha imaginando coisas **findas**.

o outro

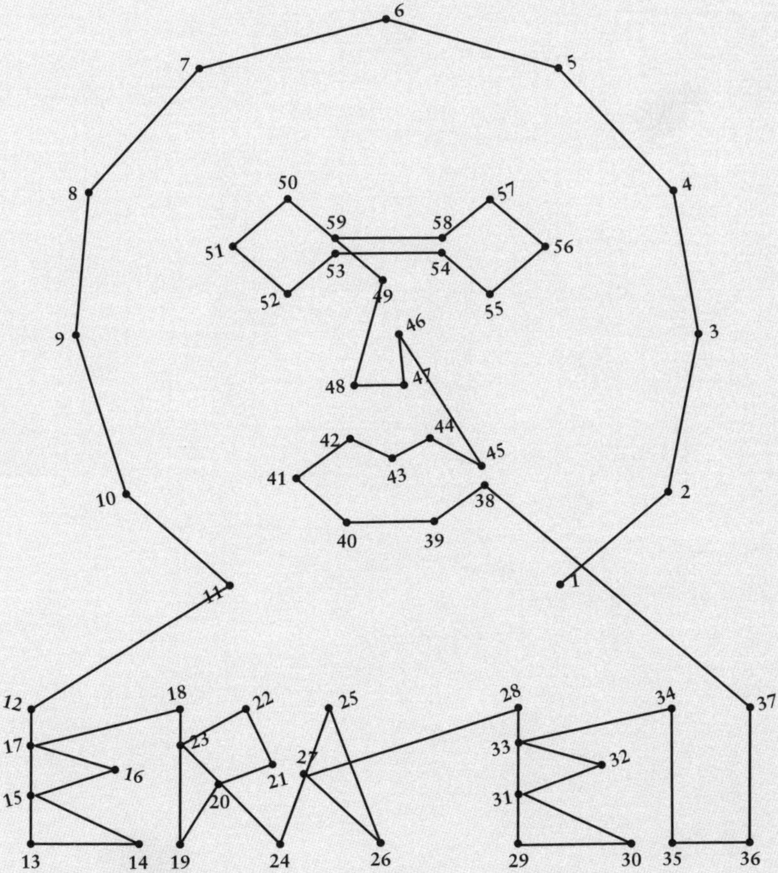
1
2
3
4
5
6
7
8
9
10
11
12
13
14
15
16
17
18
19
20
21
22
23
24
25
26
27
28
29
30
31
32
33
34
35
36
37
38
39
40
41
42
43
44
45
46
47
48
49
50
51
52
53
54
55
56
57
58
59

fact-checking

F	S	K	I	N	D	X	C	W	N	D	R	Y	H	O	D	R	K	S	J
G	E	A	T	Q	U	I	Ç	R	Ç	U	B	N	F	A	L	S	A	S	S
K	E	Ç	V	E	R	D	A	D	E	S	E	G	R	N	P	S	Z	C	D
U	S	Y	U	N	L	Q	N	F	L	D	W	M	O	N	M	T	B	E	I
A	C	V	K	H	W	M	J	T	L	C	X	F	U	X	S	W	A	N	S
H	O	Y	L	Q	E	K	F	P	W	G	R	I	T	A	D	A	S	G	H
K	N	A	C	A	R	A	J	S	Ç	I	M	H	R	L	H	V	V	O	F
E	D	H	E	F	S	L	U	O	A	C	Y	X	O	P	D	Q	L	D	W
J	E	G	W	I	T	P	Z	B	E	Ç	N	I	S	V	M	U	H	O	Ç
I	M	B	A	D	P	B	O	F	C	D	I	M	R	M	T	N	P	S	Q

Falsas verdades gritadas na cara
se escondem sob outros engodos.

quebra-cabaças

ele mais ela
eu com ele
nós sem ela

ela com ela
ele com ele
eu sem nós

ela mais ela
nós sem ele
ele comeu

eu com ela mais ele
sem ele ela
nós

etc.

horizontes

1	2	3	4	5	6
A	BAN	DO	NA	O	VER
A	CA	DA	PA	RA	DA

7	8	9	10	11	12
SE	TE	O	LHA	RA	SO
NÃO	VÊ	CO	MO	O	MAR

Abandona o ver
a cada parada
Se te olha raso
não vê como o mar
Revela
verdade

anotações para uma sinfonia poético-sexual

E U
S E U
O U S E
E S T O U
R E S T O U
E S T O U R A
O U T R A S
R A S T O
S A R O
S Ã O
S Ó

Eu
Seu
Ouse
Estou
Restou
Estoura
Outras
Rasto
Saro
São
Só

ciclos

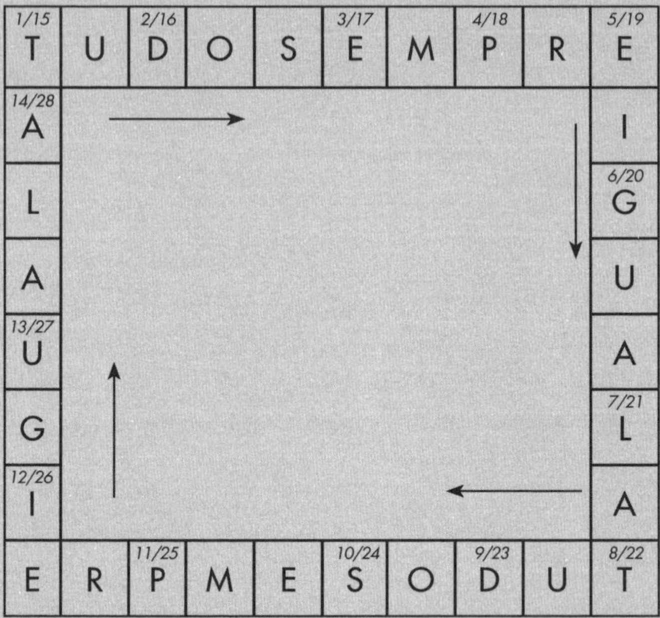

Tudo sempre igual a tudo

Tudo sempre igual a tudo

Tudo sempre igual a tudo

Tudo sempre igual a tudo

roma

	O	R	A	M	:
O	A	M	O	R	
	M	O	R	A	
NO	R	A	M	O	

Oram:
O amor
mora
no ramo

sobre vazios e preenchimentos

T	E	U	A	E	D	E	R	A	B	A	O	O	L	A	A	A	A	E
	Q	U	E	N	D	O	S	A	U	D	O		P	N	G	D	C	
	Q		S		G	U		T		N				U	R	E	R	
•	Q	U	A	N	D	O	•	T	U	D	O	•	P	A	R	E	C	E
•	Q	U	E	•	D	E	S	A	B	A	•	O	•	N	A	D	A	•
T	E	•	S	E	G	U	R	A	•	N	O	•	L	U	G	A	R	•

Quando tudo parece que desaba
o nada te segura no lugar

reforma agrária

O		P	L	A	N	E	T	A		Q	U	E		T	E	R	E	M	O	S
1	●	2	3	4	5	6	7	8	●	9	10	11	●	12	13	14	15	16	17	18

D	A	R	Á		P	A	R	A		T	O	D	O	S	?
19	20	21	22	●	23	24	25	26	●	27	28	29	30	31	

O planeta que teremos
dará para todos?

padrão dos descobrimentos

Presente **Futuro**

Passado

Passado
Batam tambor
Borda daqui
Quilo
Lona
Nada dali livre

Futuro
Batam tambor
Borda daqui
Quina natal
Talvez

cartilha

Padrão = de A a Z / de Z a A.

Antes brincava, criando devaneios.

Então fez gosto,
histórias:
inventou jornadas, **lendas** maravilhosas.

Não ouviu presença quieta rompendo sonhos.

Tentou uma vez

– xeque-mate; **zerada**.
Zonza, xadrez vencido, última **tormenta** se rendeu.

Quando pequena, observava nuvens
mentindo liberdades.

Jovem intempestiva, habitava **grãos**.
Fecunda, emergiu.

Decidiu crescer **bonança**.
Aprendeu.

mensagem na garrafa
para um mundo pós-computacional*

cabe em um
o zero
desse amor
binário?

* É preciso desconstruir a versificação para que os decodificadores de código binário reconheçam o poema; caso contrário, a partir da primeira quebra de linha o computador não conseguirá ler a mensagem.

$$\frac{\mathbb{N} + se}{Res} = pire$$

$$Res \,.\, \frac{(\mathbb{N} + se)}{Res} = Res \,.\, pire$$

$$\cancel{Res} \,.\, \frac{(\mathbb{N} + se)}{\cancel{Res}} = Res \,.\, pire$$

$$\mathbb{N} + se = Res \,.\, pire$$

$$\mathbb{N} + se - se = Res \,.\, pire - se$$

$$\mathbb{N} + \cancel{se} - \cancel{se} = Res \,.\, pire - se$$

$$\mathbb{N} = Res \,.\, pire - se$$

teoria dos conjuntos

(sem resposta definida)

Você pode mudar as palavras do diagrama, de acordo com a sua experiência nas redes sociais. Mande sua interpretação, seu diagrama personalizado ou as palavras que você usou para o e-mail: passatempoemas@gmail.com

resolução de sistemas

Sistema possível e determinado
sou
sempre igual
quando tudo sinto
mais vazio dentro

Sistema possível e indeterminado
quando
mais
sempre
dentro tudo sou
vazio igual sinto

Sistema impossível
quando sempre
sou mais
tudo igual
dentro vazio sinto

Determinante
quando tudo sinto
dentro tudo sou

anotações

sobre a autora

Carolina Zuppo Abed
é escritora, professora e psicopedagoga. Graduada em Letras pela USP, onde atualmente realiza pesquisa de doutorado voltada a processos criativos em escrita; tem pós-graduação em Formação de Escritores pelo Instituto Vera Cruz e fez cursos de Artes da Escrita na Universidade Nova de Lisboa. Atuou como coordenadora do Curso Livre de Formação de Escritores da Baixada Santista, em Santos/SP, além de ter ministrado oficinas de criação literária no Brasil e em Portugal. É autora de *Tecle 2 para esquecer* (Patuá, 2017) e, com Isabel Carvalhaes, *Menos o mar* (Carapaça/Quelônio, 2017).

Edição Bruno Zeni
Edição de arte Sílvia Nastari
Capa e projeto gráfico Maria Luísa Falcão
Revisão Anita Lilian Zuppo Abed e Bruno Zeni

Dados Internacionais de Catalogação na Publicação (CIP)
(Laura Emilia da Silva Siqueira CRB 8-8127)

Abed, Carolina Zuppo.
Passatempoemas: desafios verbo-lógico-matemáticos / Carolina Zuppo Abed; capa e projeto gráfico, Maria Luísa Falcão. 1º ed. — São Paulo: Editora Quelônio: 2020. Livro jogo. 48p.; 14x21cm.

ISBN 978-65-87790-03-9

1. Literatura brasileira: poesia

821.134.3(81) CDD 869.91

Índices para catálogo sistemático:

1. Ficção: Literatura brasileira
2. Literatura brasileira : poesia
869.91

Editora Quelônio

Rua Venâncio Aires, 1072
05024-030
São Paulo - SP
www.quelonio.com.br

Fonte Futura Std
Papéis Offset 120 g/m^2 e Cartão LD 250 g/m^2
Impressão Bartira Gráfica
Tiragem 1.000 exemplares
São Paulo, setembro de 2020.